lié à Monsieur Edgar-Martin.

QUATRE

IMITATIONS LIBRES

DE

SHAKESPEARE

Hamlet — Othello — Richard III — Macbeth

MONODRAMES EN VERS

PAR

ERNEST BRUEYRE

PARIS

IMPRIMERIE CENTRALE DES CHEMINS DE FER

A. CHAIX & Cie

Rue Bergère, 20, près du boulevard Montmartre

1876

QUATRE

IMITATIONS LIBRES

DE

SHAKESPEARE

DU MÊME AUTEUR :

Du Progrès dans les sciences. Discours en vers. In-8°, 1870.

Qu'est-ce que le droit divin? — La République est-elle de droit? Brochure, in-8°, 1871.

Les Rudes Perplexités de Jean-Jacques Gogo, ou le Vieux Progressiste. Boutade en vers, in-8°, 1874.

Rapport sur l'ouvrage intitulé « Alde Manuce, ou l'Hellénisme à Venise » (de M. Ambroise Firmin-Didot, de l'Institut). Publié par la Société fraternelle des Correcteurs de Paris. In-8°, 1876.

   Sous presse :

Hégésippe Moreau, typographe et poète. Monologue-poëme.

QUATRE

IMITATIONS LIBRES

DE

SHAKESPEARE

Hamlet — Othello — Richard III — Macbeth

MONODRAMES EN VERS

PAR

ERNEST BRUEYRE

PARIS

IMPRIMERIE CENTRALE DES CHEMINS DE FER

A. CHAIX & Cie

Rue Bergère, 20, près du boulevard Montmartre

1876

NOTE

On n'a pas la prétention d'inventer une forme
absolument nouvelle du drame. Elle existe depuis
longtemps sous le nom de *monologue*. Le titre de
monodrame nous paraît pourtant indiquer d'une
façon plus expresse le caractère de ces Essais d'après
Shakespeare. Chaque pièce, en effet, est un drame de
l'immortel Anglais, récité par le personnage principal :
le *monologue* ne retrace qu'une situation.

Ainsi l'a entendu un inventeur dans le bel art des
sons, Berlioz, à qui ce mot de *monodrame* est em-
prunté. Dans la pensée du célèbre compositeur, le
monodrame est une *action* musicale dont toute l'éco-
nomie converge vers un seul personnage. Ici il s'agit

d'une *action* littéraire, dont un seul personnage est l'acteur, mais sans accompagnement d'aucune nature ; — littéraire, cela va de soi, mais encore musical ou décoratif. C'est le drame réduit à sa plus simple expression. Musique et peinture intellectuelle tout ensemble, la poésie, en conservant son caractère propre, qui est l'expression de la pensée pure, doit, dans cette combinaison spéciale, suffire à une triple tâche : « Moi, seule, et c'est assez ! » Elle le peut sans doute, mais une telle tâche est hérissée de difficultés.

La tentative pourra ne pas paraître dépourvue d'originalité ; mais le débit d'un véritable artiste peut seul faire valoir cette forme plus que sévère et à peu près inédite du drame.

E. B.

'HAMLET

Tu ne te trompais pas dans tes soupçons, mon âme...
C'était lui ! lui ! mon oncle !... O suborneur infâme !...
Mon père fut par toi surpris en trahison...
Toi-même dans son sang as versé le poison !...
Il est midi ! le roi dans son verger sommeille...
Un frère, — un monstre ! — est là, penché vers son oreille ..
D'un liquide instillé, par un effet affreux,
Mon père, — sain de corps, — se réveille lépreux.
Il expire aussitôt... la main d'un adultère
A plongé dans la mort ce juste de la terre,
En qui le Danemark honorait à la fois
Dans le meilleur des siens le meilleur de ses rois.
Son spectre m'apparaît, — si l'on croit l'évidence.
Mon père infortuné, privé de pénitence,

En ce moment expie, au sein du soufre ardent,
Ces fautes dont aucun des humains n'est exempt...
Pour le crime d'un autre il subit ce supplice...
Ciel, détourne sur moi la flamme expiatrice !...
Non, d'un père, assumant et la place et le rang,
Je dois venger sa mort, et le sang par le sang...
Mais je dois épargner une mère avilie.
Son sein fut longtemps chaste : il m'a donné la vie.
Don funeste ! j'assiste au déshonneur des miens...
Et d'un geste pourraient tomber tous mes liens !
L'homme excédé de maux de néant est avide ;
Il pense le trouver au fond du suicide...
Mais être ou n'être pas, c'est là la question !...
Ame humaine, dans ta suprême ambition,
Sans cesse reculant les bornes du connaître,
Tu te viens aheurter au problème de l'être !...
Quel sera ton destin ?... Un éternel sommeil !...
Ah ! s'il était ainsi, si jamais un réveil
Ne nous réimposait la torture de vivre !...
La vie est un état qu'un autre état doit suivre...
C'est pourquoi jusqu'au bout, soulevant le fardeau,
Avec frémissement nous entrons au tombeau...
Vivons donc et portons notre double souffrance.
Un père de mes mains attend sa délivrance !...
Préoccupation qui dévore mes jours !...
Adieu, gloire, amitié ! adieu, chères amours !
Pour celer mes desseins simulant la folie,
Pour votre fiancé priez, belle Ophélie !

Hélas ! il n'est pas fou : les vrais fous sont heureux...

Quel bruit !... Des comédiens se montrer en ces lieux !...

Oui, l'existence ainsi de contrastes est faite...

A deux pas des tombeaux les palais sont en fête...

De mes nobles parents je reconnais le soin ;

C'est pour me divertir... oui-da, j'en ai besoin...

J'ai toujours admiré chez l'homme de théâtre

Cet art, — dont à la cour on se montre idolâtre, —

De savoir transformer sa face à tout moment...

Çà donc, enrôlez-moi pour un jour seulement...

Holà ! ho ! comédiens, qu'est-ce donc que l'on joue ?

A vos drames troyens le public fait la moue.

Moi, je n'en peux finir de bâiller, vous oyant...

Par Dieu ! si vous voulez donner du larmoyant,

Laissez-moi les malheurs de Priam et d'Hécube.

Mes maîtres, croyez-moi, votre drame titube...

Quelque crime commis, là, bien perfidement, —

De nos jours, — par exemple, un empoisonnement, —

Voilà de quoi pleurer, hein ?... Pour sortir du vague,

Écoutez... L'assassin... il s'appelle Gonzague...

L'intitulé du drame est *le Piége à souris*,

Soit du genre de ceux où les naïfs sont pris...

Voyez-vous opérer ce vampire sans griffes ?

Ah ! ce ne sont pas là des crimes apocryphes,

Car l'histoire a redit, — ou dira ce forfait. —

Ce poison dans l'oreille a produit son effet.

Il s'insinue au cœur, — persuasif topique, —

Dit au roi d'abdiquer : à l'instant il abdique...

Voilà, — ne l'étant pas, — comment on se fait roi..

C'est vrai, le procédé n'est pas de bon aloi,

Mais les joueurs hardis forcent les cieux avares...

En tous temps, en tous lieux, les couronnes sont rares...

Lorsqu'on vit près des rois, il faut en profiter :

L'occasion est bonne à les précipiter...

Lui prendre encor sa femme ajoute au savoir-faire...

Hé bien ? nouveau Caïn, qu'as-tu fait de ton frère ?

Son spectre à toi s'attache... en vain tu le fuiras.

L'entends-tu pas crier : Traître, tu périras !

Le crime toujours touche à son heure dernière, —

Le trône abritât-il son impudence altière !...

J'ai tort, Horatio, j'ai trop tendu mon arc.

Cette scène a fait fuir le roi de Danemark...

Vois donc comme ce prince envers soi se fait juste !

Il ne faut pas parler de poison chez Locuste...

Ce fantôme ambulant, entendu dans la nuit,

N'est donc point en effet trompeur de mon esprit.

Le coupable s'avoue : oui, tu péris d'un crime,

O mon père ! — et j'en crois ton ombre magnanime. —

Eh bien, reine, parlez... de moi que voulez-vous ?

Vous venez demander grâce pour votre époux ?...

Votre époux !... vous n'avez pas usé la chaussure

Qui mena le premier au lieu de sépulture...

Je le savais déjà : la grâce, la beauté,

La vertu, — chez la femme, — a nom : Fragilité !

Je croyais qu'au déclin de l'ardente jeunesse,

Quelque raison au moins assistait sa faiblesse.

Il faut donc t'arracher, dernière illusion !
De ce fourbe disert souffrir l'intrusion !
Qu'importe ? vous régnez !... Dans votre flamme impure
Il vous plut de troquer Jupiter pour Mercure...
Allez ! le pardon gît au fond des pleurs amers.
Je réserve mes coups pour cet autre pervers...
Qui donc est là ?... J'ai vu s'agiter la tenture...
Si c'était votre époux !... Il est mort, je le jure !...
Ce n'est pas lui !... C'était sans doute un espion ?
Le père d'Ophélie !... O malédiction !...
Qu'est-ce qu'il faisait là ?... Méprise lamentable !
Fol emporté, j'immole un sot pour un coupable !...
Ophélie !... oh ! comment, comment sécher vos pleurs ?...
Autour de soi le crime enfante les malheurs...
J'obéissais, mon père, à ton ordre inflexible. —
O reine, voyez donc, c'est son ombre terrible !...
C'est votre époux !... le seul... vous ne le voyez pas ?...
Il vous vient avertir des portes du trépas...
Non, non, retirez-vous : c'est à moi qu'il s'adresse...
Mon père, il ne faut pas gourmander ma mollesse,
Et si je n'ai pu joindre encor ton meurtrier,
Sois sûr qu'avec son crime il mourra tout entier,
Exclu de tout pardon, ainsi qu'un infidèle...
Ta peine finira, la sienne est éternelle...
On m'exile : bientôt tu me vois revenir,
Et mon glaive levé s'abat pour le punir !

OTHELLO

Iago dit-il vrai ?... Si cet homme mentait !...
O malheureux ! j'hésite entre un double forfait.
O vous qui d'Othello torturez la tendresse,
Qui de vous me trahit : mon ami, ma maitresse ?...
Oh ! par quelle ironie en ce cœur de soldat
L'amour trouva-t-il place ?... Effroyable combat !
Je te repousse en vain, jalousie insensée !
Elle suspend le bruit de ma propre pensée...
Quand au More Othello ton amour pardonna,
Contre toi qu'ai-je fait depuis, Desdemona ?...
Ton âme s'enivrait au récit de ma gloire ;
J'avais cru remporter ma plus belle victoire.
Mais mon chef est crépu, bien, bien sombre est ma peau.
Je vieillis ; mes façons n'ont rien d'un damoiseau...

Qu'importe ? elle est à moi !... Malheur, malheur sur elle !...

Je n'avais pas besoin de ta pitié cruelle...

Ah ! tes attraits divins ont trop su m'enflammer :

Du cœur dont il combat le More sait aimer. —

Venise, tu nourris ces beautés souveraines,

Pour égarer les sens dangereuses sirènes ;

A leur charme fatal, trop crédule, entraîné,

C'est moi, c'est moi qui bus le philtre empoisonné !...

Mais as-tu su comprendre, ô misérable femme,

Dans le noir as-tu su reconnaître cette âme

Que te restitua le baptême chrétien ?...

Non, tu n'en eus jamais ! j'en jure, vieux païen !...

J'avais suivi ton culte... un pouvoir ineffable

M'attira dès l'abord à son dogme équitable...

De la race de Cham effaçant l'interdit,

La couleur n'est qu'un mot : tout homme est un esprit...

Chrétiens de blanc visage et que gêne peut-être

La sainte égalité qu'apporta votre Maître,

Par vos filles, par vous de mépris abreuvés,

Grands marchands, ces maudits parfois vous ont sauvés.

Des Ottomans, fléaux de votre république,

Mon bras victorieux purgea l'Adriatique.

Sans l'appui de mon bras votre doge si fier

Plus d'une fois eût fait divorce avec la mer ..

Une illustre beauté s'éprend du vaillant More,

S'oublie à l'épouser... et puis le déshonore !...

Tant de duplicité dans ce cœur virginal !...

O féminin génie, incliné vers le mal !...

Vieillard dont je bravai la trop juste colère,
Tu me l'avais prédit, mon très-noble beau-père :
« Elle a trompé son père, elle te trompera... »
Bien ! Venise de moi longtemps se souviendra.
Que l'exemple en profite à l'épouse impudique :
Tu n'échapperas point, fille de magnifique !...
Ah ! que ne peut ma haine, atteignant ton amant,
Ensemble vous frapper !... Du sang ! du sang ! du sang ! —
La voilà !... Comme elle est paisible dans son vice !
Son aspect fléchirait l'éternelle justice...
Encor un seul baiser, hélas ! baiser cruel...
Prêt à punir, c'est moi qui me sens criminel. —
Que si ma main t'éteint, humble lampe nocturne,
Je sais te ranimer en puisant dans cette urne.
Mais si je t'éteins, toi, noble flambeau vivant,
Ame de ce beau corps, dis-moi, dis-moi comment
Je pourrais ranimer ta lumière subtile, —
Empressé destructeur, à créer inhabile...
Jamais elle ne fut aussi belle à mes yeux. —
Je saurai modérer mon transport furieux...
O corps où se mira la nature idolâtre,
Je ne tacherai point de sang ton blanc d'albâtre. —
Allons, réveillez-vous, Madame, et priez Dieu,
Car vous allez mourir... Mentir n'est pas le lieu...
Vous allez expier une coupable ivresse...
Cet objet, le premier gage de ma tendresse,
Réponds, qu'en as-tu fait ?... Le mouchoir ! le mouchoir !
Ah ! vous l'avez perdu !..., chez votre amant... un soir !...

Son heureux possesseur l'a payé de sa vie...
Je l'enlève trop tôt à votre âme ravie !...
Vous pâlissez !... Allez, je suis trop convaincu...
Tous deux pour mon honneur vous avez trop vécu...
Des larmes !... je ne suis plus maître de ma rage...
Tu ne jouiras pas de ce dernier outrage.
Meurs... Elle souffre bien !... Tous mes sens sont émus...
La, ce coup de poignard... tu ne souffriras plus. —
Bien morte !... et par mes mains... Son teint se décolore...
Et si belle !... oh ! je sens déjà que je m'abhorre !...
On vient... Dérobons-leur ce lugubre tableau.
A son devoir sinistre il suffit du bourreau. —
Monseigneur ! Monseigneur ! est-ce moi qu'on appelle ?...
Hé bien, je l'ai tuée : elle était infidèle !...
Je l'aimais ! le vengeur n'est pas un assassin...
Sa mort sera ma mort, son destin mon destin...
Mon sang bout... je suis sourd... Qu'a dit cette suivante ?...
Qu'entends-je ? elle m'aimait ! elle était innocente !...
Innocente !... innocente !... — Entr'ouvre tes volcans,
Terre, viens m'engloutir dans tes antres brûlants !...
Seigneur, sur ton chef-d'œuvre, à la voix d'un perfide,
J'ai porté, — j'ai porté ma main noire et stupide ;
Et quand se surmontant par le plus noble effort,
Elle se donne à moi, je lui donne la mort ! —
Au sénat rapportez mon atroce folie,
Mais ajoutez aussi que j'ai fait double hostie...
Mon épée !... on l'avait donc soustraite à mon bras ?...
Soit !... cette arme cachée assure mon trépas !...

De l'amour malheureux, dans la race future,
Jamais on n'ouïra plus tragique aventure. —
Iago... que l'on coure à ce monstre infernal !...
Je meurs... Amis, un pleur pour votre général !

RICHARD III

‑‑‑‑‑

C'est étonnant : j'ai vu mes neveux cette nuit.
Jamais dans mon sommeil rien ne s'était produit.
Je me suis toujours ri de la terreur banale
Qu'inspirent les défunts échappés de leur dalle.
Conscience, tais-toi : tu viens mal à propos.
'·· froid ; l'air du matin me transperce les os.
Après avoir subi plus d'un assaut tragique,
Mon âme, — si j'en ai, — de scrupule se pique !
Je suis tout inquiet. Pourquoi ? Parce que j'ai
Sacrifié ces paons avant qu'ils aient mué ?
Je les tuai sans haine, ils étaient sur ma route ;
Mais on ne fait jamais cela sans qu'il en coûte...
Eh bien, de vos malheurs querellez le hasard,
Le hasard, mon seul Dieu, — celui qui fit Richard !...

N'est-ce pas qu'à l'artiste on reconnaît l'ouvrage ?

De toutes les hideurs admirez l'assemblage !

Mon aspect seul provoque et le rire et l'effroi ;

Et les chiens en hurlant se détournent de moi...

De parents timorés la tendresse imbécile

Laisse peupler l'État d'une gent inutile.

Quand un hasard royal me prêta votre sang,

Ma mère, il me fallait étouffer en naissant.

Contre un destin fatal quelle était ma vengeance ?

Une seule : c'était la suprême puissance !

Vers le but désiré j'allai sans me troubler.

On ne rit plus de moi : j'ai si bien fait trembler !

Le dénoûment s'approche : une seule victoire

Lave tous mes forfaits, disculpe ma mémoire.

Ma maison ne comptait qu'un seul homme, — c'est moi :

L'Angleterre d'York doit tenir un grand roi ;

Et je voudrais bien voir qu'à ma nouvelle allure,

Mon ombre s'avisât de railler ma tournure !

Pour les dames, rien tel, pour capter la beauté,

Que le manteau royal sur la gibbosité. —

Ah ! l'entrain me revient à l'odeur des batailles.

La voilà la journée aux grandes funérailles !

Un devin de malheur m'y donne rendez-vous :

Je n'ai pas peur des morts : que me font les hiboux ?

Les présages du fort émoussent la vaillance. —

Au combat ! au combat ! qu'on m'apporte ma lance !

Que le bois soit ensemble et solide et léger...

Richemond vient à nous du fond de l'étranger ;

Ces hordes dont il vient surprendre nos campagnes,

Anglais, c'est le rebut de toutes les Bretagnes.

Pour ce ban de routiers, de nos biens affamés,

Par saint George ! soyons des dragons enflammés. —

Mais que fait lord Stanley !... Il a tourné ?... Le traître !

Je le forcerai bien à confesser son maître.

Courez ! que son fils soit décollé sur-le-champ !

On ne gagne jamais à se montrer clément...

Étrange illusion de mon âme affolée !

J'ai cru voir Buckingham là-bas dans la mêlée...

Montre tes traits et meurs !... Non, ce n'était pas lui !...

Près de ses protégés il est bien endormi...

Rencontrerai-je donc partout mon parentage ?...

Ils me poursuivent tous avec leur beau visage...

Les traîtres, je le crois, renaissent sous mon bras...

A l'aide, compagnons !... Ils me tirent à bas ! —

Combattre à pied ! je suis de trop illustre race.

Je suis d'York, cela se voit à mon audace.

Je suis votre seigneur et votre général !...

Un cheval ! mon royaume, amis, pour un cheval, —

Et je rappelle à nous la victoire échappée !

Oh ! qu'avec mon rival je croise au moins l'épée ! —

Mon aspect, n'est-ce point, te cause quelque émoi ?

L'usurpateur ! dis-tu ?... Tu le tiens devant toi.

Fier tenant des Lancastre, à qui des deux l'empire ?

Pare ce coup !... Le tien a bien porté... J'expire ! —

Il te faut donc mourir, Richard au cœur de fer !

Je sais ce qui m'attend : je suis mûr pour l'enfer...

De la guerre civile, oui, les portes sont closes :
L'Angleterre aujourd'hui réunit les deux Roses ;
Mais le vautour bientôt redévore ses flancs.
Les Tudors ont aussi leurs fantômes sanglants.
J'ai jugé les Anglais : ils sont nés sanguinaires ;
Enfin je vous attends aux fureurs populaires…
Ainsi vous n'aurez fait que changer vos bourreaux.
Vos rois iront compter les pas des échafauds…
A l'exemple parti d'une aussi noble terre,
Le continent s'instruit à te suivre, Angleterre !
Ta future grandeur vaut cet horrible prix :
Je t'envoie en mourant ma haine et mon mépris.

MACBETH

Ha! ha! je serai roi! véridiques sorcières!
Vous avez lu la chose au fond de vos chaudières...
Roi!... le trône d'Écosse est-il donc à l'encan?
Il faudrait supprimer notre bon roi Duncan...
Si le sceptre échappait à ses mains faiblissantes!...
Il s'élève en mon cœur des vapeurs malfaisantes...
Non, non, pour régner Dieu n'a point élu nos fronts,
Milady!... Loin de moi, prêtresses des démons!
Je serais criminel de vous être crédule...
Mon indignation leur parait ridicule. —
Hé! mes sœurs du Destin, revenez... Jusqu'au bout
Je vous écouterai, je boirai mon dégoût. —
Elles ont disparu, pareilles aux mouettes,
De leurs prédictions où trouver d'interprètes?...

Je serai roi ! les fils de Banquo régneront !

Les fils de...? Je pourrais dévorer cet affront ! —

Quoi ! la prédiction déjà se vérifie,

Et d'un titre nouveau le roi me gratifie !

De thane de Glamis, thane de Cawdor, — roi !

Le chemin est ouvert,... j'en tremble malgré moi. —

Oh ! frapper ce vieillard, et mon hôte et mon maître !

Quoi ! Macbeth le loyal sera Macbeth le traître ! —

Tu seras roi ! les fils de Banquo régneront ! —

Toujours, toujours ces mots me persécuteront ! —

Faut-il croire que l'homme, esclave à sa naissance,

S'agite sous la main d'une aveugle puissance,

Que vers le bien, le mal sans cesse ballotté,

Le crime, la vertu, tout est fatalité ? —

Le vieillard près des siens goûte un repos paisible :

Tous semblent se livrer à leur sort invincible. —

Je ne puis pas ainsi massacrer un aïeul,

O Milady ! ce crime est trop grand pour un seul.

O l'orgueil du pouvoir souverain, noir prestige !

Mon bras sur ces trois corps s'acharne avec vertige.

Tout leur sang contre moi se dresse en bouillonnant :

Je fuis, enveloppé par la vague de sang...

Sa voix me reprochait mon acte abominable.

Sa vie enfin s'exhale en un cri lamentable. —

Et dans moi-même aussi quelque chose a vécu :

Macbeth n'est plus Macbeth, mon honneur est vaincu.

La couronne est à nous,.. Mais sacré par le crime,

Roi, Macbeth envirait le sort de sa victime. —

Et je ne suis encor qu'à mon commencement.

Être tout, ce n'est rien, si ce n'est sûrement.

Ce Banquo m'inquiète, il faut bien qu'il périsse,

Et de son fils aussi que le sort s'accomplisse !

Moins que le père encor je le puis épargner. —

Ah ! je respire enfin et je m'en vais régner ! —

Mes bons amis, je veux partager votre fête,

Me mettre à votre table... oui,... mais elle est complète...

Non ?... Je le vois bien, moi... Qui donc a fait cela ?

Qui donc ose usurper...? qui donc...? Thanes, holà !...

Qu'on chasse cet intrus de la chaire royale. —

Horreur ! horreur ! Banquo !... La pierre sépulcrale

N'a pas pu prendre encor mesure de son corps,

Mais l'on tuait jadis et les gens restaient morts ;

Ils ne revenaient point s'emparer de nos siéges. —

Va-t'en... laisse aux vivants leurs tristes priviléges...

Ne fixe pas sur moi ces deux yeux sans regards...

Pitié !... ton fils n'est point tombé sous les poignards. —

Ah ! je ne le vois plus ! suis-je atteint de folie ?...

Ce n'était rien, amis... un peu d'épilepsie. —

Allez !... A votre tour, venez, esprits du mal !

Oui, je veux dévorer le mystère infernal !

Lorsque vous devriez de leurs vieilles assises,

Sous les vents déchaînés, arracher les églises ;

Dussiez-vous, soulevant le domaine des eaux,

Aux vaisseaux submergés ajouter les vaisseaux ;

Faire aux palais baiser le gazon de leur faîte ;

Dût le monde avant temps sombrer dans la tempête,

Je m'abandonne à vous, esprits qui m'entendez :
A l'appel de Macbeth répondez, répondez ! —
Vous m'avez entraîné sur la route des crimes ;
Combien faut-il encor entasser de victimes ?...
Il me faut assurer contre les coups du sort ?
Je dois me défier de Macduff ? — Il est mort !..
De son rocher à temps s'il a su disparaître,
Dans leur aire écrasez les aiglons, œufs de traitre...
Esprits, ne pouvez-vous en termes plus exprès
M'entr'ouvrir du futur les terribles secrets ?
Nul homme né de femme à Macbeth ne peut nuire,
Et je suis sûr encor de conserver l'empire
Jusqu'au jour qui verra cheminer les forêts,
Qui des monts fleuriront les arides sommets ? —
Donc, tout soin d'avenir ne serait inutile,
Et mon bonheur pareil aux eaux d'un lac tranquille ?...
Allons, je suis heureux, si de la vérité,
Est capable l'esprit de la perversité. —
Accueillez, Milady, l'opportune nouvelle...
O Dieu ! qu'ai-je aperçu ?... Cependant c'est bien elle !
Milady !... quels regards !... quel silence !... elle dort ! —
La conscience, hélas ! veille pour le remord. —
Réveillez-vous, allez, regagnez votre couche...
Je ne puis supporter ces mots de votre bouche :
Ce sang, ne l'avons-nous pas versé tous les deux ?
Macbeth pour vous complaire a cessé d'être heureux...
Elle ne répond plus !... — Si ta bonté pardonne,
Seigneur, que la raison tout à fait l'abandonne.

Réserve pour moi seul l'épouvante où je suis. —
Et voilà le bonheur que l'on m'avait promis !...
Jusqu'où nous ait poussé la fortune suprême,
L'aiguillon de douleur nous rappelle à nous-même.
Le crime n'est donc point exempt de ces combats !
Ah ! pour ne point souffrir, il faudrait n'aimer pas ! —
Que l'on garde la reine... Empêchez qu'elle sorte.
Des larmes et des cris !... Qu'est-ce ?... La reine est morte !
Sa mort ne vient trop tôt : pourquoi m'en avertir ?
Oh ! si l'homme perçait le cruel avenir ! —
De la couronne en vain je t'ai fait la conquête.
Ah ! quand je la ravis pour en parer ta tête,
Savais-je l'incliner vers son dernier sommeil ?
Que fais-je maintenant, tout seul, sous le soleil ? —
Amour, ambition, votre fatal génie
De ma vie ont tissu la triste comédie.
La pièce m'a lassé... j'aspire au dénoûment. —
Soldat, que me veux-tu ? pourquoi ce tremblement ?...
Satan te fasse noir, lâche à face de crème !
Que viens-tu m'annoncer, messager d'anathème ?
La forêt de Birnam est-elle en mouvement ?
Ne gesticule pas... Elle marche ?... Ah ! vraiment !...
Prends garde de mentir !... Il a raison... O rage !
La montagne, en effet, se couvre de feuillage...
Prestige de l'enfer, il avance sur nous !
Sombre destin, voilà le dernier de tes coups ! —
Indices captieux à la fois et frivoles,
J'ai trop compté sur vous, mensongères paroles !

Malheur à qui se prend à ce piége maudit ! —
Mais ce n'est pas là tout ce qui me fut prédit.
Où donc est l'homme né hors du sein de la femme,
Car lui seul de mes jours peut déchirer la trame ?
Serait-ce-toi, Macduff ? aurais-tu par hasard,
Dérobé la dispense au bon saint Édouard ?
Tes mains, roi des Anglais, ont un don magnifique :
Que j'en voie à l'instant un effet authentique.
Fais donc que ce qui fut, s'il te plaît, ne soit pas !
Mais pourquoi, thaumaturge, envoyer tes soldats ? —
Tu fus, avant le terme, extirpé de ta mère,
Macduff ?... Vain jeu de mots ! ridicule mystère !
Je sais pourquoi tu viens... Contre moi tu conduis
De ton vieux roi Duncan les deux trop jeunes fils.
Les tiens ont expié ma juste défiance ;
Assouvis, si tu peux, ta multiple vengeance. —
Sur un poteau, dis-tu, pour troubler les passants,
On lira sous mon nom : Modèle des tyrans !
Tu ne me tiendras point, Macduff, en ta puissance,
Que ma tête ne soit emmanchée à ta lance. —
De ma destruction déjà je me repais :
Que ce soit votre prix, inutiles forfaits !

IMPRIMERIE CENTRALE DES CHEMINS DE FER. — A. CHAIX ET Cie,
RUE BERGÈRE, 20, A PARIS — 6138-6.